La bella y el bandolero

La bella y el bandolero

Maria Luz A. T.

© 2023, Maria Luz A. T.
Dépôt légal : juin 2023
ISBN : 978-2-3224-8204-7
Prix de vente : 8,50 €

Édition : BoD - Books on Demand, info@bod.fr

Impression : BoD - Books on Demand, In de Tarpen 42, Norderstedt (Allemagne)
Impression à la demande

Queridos lectoras y lectores gracias por haber comprador
Mi primer libro la princesa pirata.

Prólogo

Os voy a contar la maravillosa historia de la Bella y el Bandolero.

En España, hace muchísimos años, en el siglo diecisiete un pueblo de la serranía de Ronda vio nacer la más bonita historia que la parte de Andalucía haya tenido.

Las campanas de la iglesia Inmaculada, situada en lo alto de un tajo en el pueblo de Ronda, anunciaba el final de la misa.

Cuando las pesadas puertas de madera se abrieron, para dejar salir a todos los notables del pueblo.

Un mendigo de ocho años, descalzo, con las ropas sucias y rotas, le pidió limosna al hombre más rico y cruel del pueblo.

Sinvergüenza, como te atreves a venir a mi lado, y a molestar a mis ojos con tu presencia, pero que sepas que por haberme molestado no te quedaras sin castigo.

El hombre cogió su bastón en mano y se puso a pegarle al niño con toda su fuerza.

Bajo la violencia de los golpes el mendigo perdió el equilibrio y salió rodando por los escalones.

— ¡Para que te sirva de lección!

Luego muy dignamente el hombre le dio su brazo a la mujer que estaba con el, y lentamente bajaron los escalones de la iglesia, para subirse en el carroza que les esperaba a unos metros de donde estaban para conducirlos a su propiedad, ya que tenían que reunirse todo los notables del pueblo.

En menos de cinco minutos toda la explanada de la iglesia se vació, solo quedo un hombre y su niña, que acudieron al mendigo para asegurarse que no estuviera herido.

Le hablaron con dulzura para tranquilizarlo y darle confianza, y le prometieron un techo para la noche, comida para quitarle el hambre, ropas limpias y zapatos para que pueda seguir su viaje.

Ante tanta bondad el mendigo acepto seguirlos hasta su casa.

En cuanto llegaron, el padre y la hija se ocuparon de él como si fuera un miembro más de la familia, y le dieron todo lo que le habían prometido.

Al día siguiente el niño se despidió de las buenas gente que lo habían cuidado, asegurándoles que jamás en la vida olvidaría lo que hicieron por el.

— Espero algún día poder devolverles el bien que me habéis hecho.

— Lo más importante es que te cuides bien muchacho, podrás volver aquí todas las veces que quieras, siempre tendrás un sitio aquí.

Capitulo 1

Y mientras fueron pasando los años, la pequeña niña se hizo toda una mujer, su bondad y la de su padre fue conocida por todo los necesitados de la parte de Andalucía.

Más de un noble se enfrento con ellos por este asunto, pero sin ningún éxito.

En aquella época el pueblo sufría miles de amarguras, los impuestos que pedía el Rey fueron aumentados para enriquecerse el gobernador.

Pero tanto era lo que les pedían, que no pudieron pagarlo, y se encontraron más de uno encarcelado en la prisión de Ronda.

Los nobles se permitían castigar a sus servidores, algunos hasta darles muerte, y todo esto con el consentimiento del gobernador.

Nadie hacia nada para impedir esto, excepto un puñado de bandoleros que habían elegido toda la serranía como sus territorios.

Desde varios años la guardia civil intentaba encontrar a esos hombres, sin nunca lograrlo, varias recompensa fueron prometida por la captura de estos bandoleros.

Pero nunca hubo nadie para traicionarlos.

Esos hombres atracaban las carrozas que iban por los caminos de la serranía.

*

— ¡Paren los caballos o abrimos el fuego!
Chillaron dos hombres enmascarados a caballo.
— ¡No, nos disparen! nos rendimos.
— Señor me haría usted el favor de darme su bolsa de dinero, y ustedes señoras sus joyas, que solo saben apagar el alumbramiento de sus bellezas, tan perfectas.
— ¡Jamás en la vida os daré mis joyas, entendéis, jamás! y todos sus piropos no me harán cambiar de opinión, deberían darles vergüenza atacar a mujeres indefensas.
¿Y usted mi esposo que esperáis para reaccionar?
— ¡Pero mujer, no ve qué estos hombres están armados!
Por lo tanto haced lo que os piden.
— Hacéis bien de captar lo que digo, porque mis compañeros no están muy lejos.
No terminó de hablar cuando treinta hombres armados salieron de todas partes, prohibiéndoles así el paso.
Ante esa superioridad no tuvieron más remedio que hacer lo que les pedían.
Mientras se alejaban los bandoleros, una de las mujeres del carroza les grito:
— Seréis ahorcados, os lo prometo, me quejare al gobernador, os seguirán día y noche y pagareis por lo que nos habéis hecho.

— En este caso le dais recuerdos al gobernador de parte "del Bandolero Campero".

*

Una hora más tarde, el carroza llego a Ronda a casa del gobernador, donde se encontraba también el comandante de la guardia civil.

Después de haberle contado todo, el gobernador seguía sin dar ninguna orden para que estos hombres fueran arrestados, y eso hizo que una de las mujeres lo amenazara con contárselo todo a su padrino el Rey.

Al oír esta noticia el gobernador y el comandante cambiaron de color, y tartamudearon sin saber que hacer para que les perdonaran su incompetencia.

— ¿Nos puede usted decir con quien tenemos el honor de hablar?

— Soy la Condesa Doña Helena Alcántara, de la casa de los Rodríguez que viven sobre esta tierra Andaluza desde hace más de dos siglos.

— Por favor siéntese usted un momento para reponerse de tanta emoción, le haré que le traigan ahora mismo un poco de vino dulce de Málaga mientras veo con el comandante por donde va a empezar su búsqueda. Usted descuide que no volverán hasta que no hayan cogido a estos bandoleros, os lo prometo.

— En este caso ya es hora que nos vayamos a casa de mi primo el Conde Don Cristóbal Valiente de Alcántara, pero espero que ustedes hagan lo que me habéis prometido sino...

— Los cogeremos, se lo aseguro, y para que usted haga el viaje con toda seguridad, le escoltarán seis de mis hombres.

El gobernador acompaño a sus huéspedes hasta su carroza, y lo estuvo mirando irse hasta que desapareciera a lo lejos.

*

A unos cien kilómetro de ahí, los bandoleros se felicitaban de haber llegado robar tanto dinero a los pasajeros de la carroza.

Uno de los hombres se fue hacia su jefe, y le pregunto:

— ¡Alejandro! ¿Cuánto hemos robado esta vez?

— Lo bastante como para que todo los protegidos del Padre José tengan comida para todo este invierno.

Toma Pedro, esta bolsa contiene todo el botín de hoy, llévaselo al Padre José.

El muchacho hizo exactamente lo que su jefe le mando.

Después de haber elegido la montura más rápida, él se despidió de ellos y se fue al galope cogiendo la dirección del convento.

Una hora mas tarde, ya estaba a la vista el convento, situado en lo alto de una colina.

Era un convento en ruinas, que antiguamente había sido el lugar de los frailes, en la época de la Santa Inquisición.

Cuanto sufrimiento había contenido estos muros, y hoy servía de refugio a todos los oprimidos del pueblo y de sus alrededores.

Entre estos muros, todos se sentían seguros, tenían para comer, y un techo para dormir.

El Padre José les cuidaba cuando estaban enfermos, o heridos, y su presencia les daba fuerza y coraje para sobrellevar estos duros momentos.

— ¿Quién va por ahí? chillo el hombre de guardia.

— Guarda tu viejo trabuco ante que te salte la cara.

— ¿Pedro eres tú?

— Claro que sí.

— ¿Estas solo? ¿Dónde está Alejandro y los otros compañeros?

— Se han quedado en la sierra, pero luego nos veremos con más tiempo, porque por ahora tengo que ver al Padre José.

El bandolero paso el puesto de guardia, bajo de su caballo para atarlo a una de las argollas que sobresalen de los muros del convento. En cuanto paso el quicio de la puerta todas las cabezas giraron hacia él, y al reconocerlo todos acudieron a él, para tener noticias de sus compañeros.

— Tranquilo os contestaré, pero antes dadme algo de beber que estoy muerto de sed.

— Claro que sí, y soy yo quien te serviré, luego nos hablaras de nuestros compañeros.

— ¡Padre José! ¿Le estoy muy agradecido que me sirváis, pero no tenéis algo un poquito más fuerte que un jarro lleno de agua?

— No hijo mío, con el alcohol se pierde el espíritu, y con el agua siempre permanece.

— Tenéis seguramente razón, a vuestra salud.

Después de haberle dado noticias de todos sus amigos, el Padre José lo cogió a parte y le hablo de su inquietud, porque hace unos días que un cartel se puso ofreciendo quinientos reales de recompensa por la captura "del Bandolero Campero".

El muchacho lo tranquilizo asegurándole que su jefe conocía la serranía mejor que nadie, y que de todos modos estaban al corriente de la recompensa que ofrecían.

El muchacho se iba a despedir del Padre José cuando este se negó a dejarlo irse mientras no tuviera algo caliente en el vientre.

— Carmen dale de comer a Pedro, estoy seguro que está muerto de hambre.

Una muchacha de dieciséis años le trajo suficiente comida, como para alimentar a tres personas.

— ¿Oye guapa, tan delgado me encuentras?

— Que va os encuentro muy bien.

— ¡Ah sí!

— Para de meterte con ella, que se está poniendo colorada.

Avergonzada, huyo del Padre José y de su invitado.

— ¿Quién es ?

— La hija del herrero.

— ¿Por qué esta con vosotros?

— Porque sus padres están encarcelados por orden del gobernador por no tener el suficiente dinero para pagar el impuesto Real, intentaron también arrestarla, pero su padre pudo impedirlo ante que la cogieran permitiéndola escaparse por el monte y fue ahí donde la encontré.

— ¿Esta muchacha no tiene ningún novio o amigo para cuidar de ella?

— No solo nos tiene a nosotros.

El Padre José seguía hablando con Pedro, pero este aun ya no le escuchaba, toda su atención iba allá donde estaba la joven Carmen.

El Padre José se dio cuenta de lo que pasaba, y una sonrisa apareció en su rostro antes de retirarse, y le dijo al muchacho:

— Ve hijo mío, donde tu corazón te lleve.

Cuando el cura ya se encontraba a unos metros de él, Pedro recordó que aún no le había entregado el botín que Alejandro le había confiado. Enseguida se levantó y corrió hacia él para dárselo, y luego se fue a ver a Carmen, para discutir un poco con ella.

— ¿Carmen sé muy bien que no me conoces, pero aceptaría dar un paseo conmigo la próxima vez que yo venga por aquí?

— Si y sería un gran placer para mí.

— Jamás un hombre ha sido tan feliz, como lo estoy ahora mismo, pronto estaré de vuelta te lo prometo.

Y sobre estas palabras cogió su caballo y se fue al galope en dirección hacia el monte.

Capitulo 2

Mientras tanto la Condesa Doña Helena llego sin más problemas en la casa de su primo, donde los servidores acudieron para coger sus baúles y subirlos a sus aposentos.
Los servidores le informaron que el Conde se había ido a dar un paseo a caballo, pero que su esposa estaba en el salón.

— Que uno de vosotros vaya a decirle que estamos aquí.

— Si señora ahora mismo voy.

El muchacho llamo a la puerta del salón, donde descansaba la dueña de la casa.

— ¡Os dije que no quería que me molestara!

— Disculpadme, pero su prima la Condesa Doña Helena de Alcántara acaba de llegar.

— Entonces subirle sus baúles a su habitación.

— Ya está hecho.

— Que le lleven algo de comer, para que aguante hasta la cena, y decirles que nos veremos dentro de una hora.

El servidor le transmitió lo que había dicho la Condesa, y eso puso a Doña Helena bastante furiosa al saber que su prima no había tenido la cortesía de venir a su encuentro.

Su esposo intento calmarla, pero sin gran éxito, hasta que le dijo que su joven invitada la Duquesa Alexandra de

Carmona estaba muy pálida, y que no estaría de más que estuviera pendiente en ella.

— Esto le pasa porque no ha comido nada desde esta madrugada, pero cuando coma algo y descanse, todo volverá a ser como antes. De todos modos dentro de una hora iremos a dar un paseo por el parque, donde mi primo tiene los rosales más bonitos que jamás he visto. Luego iremos a ver la cuadra que contiene más de cincuenta caballos, caballos andaluces, los puros árabes, los Yerlings y muchos más, sin mentir ni el Rey de España tiene tanta variedad.

Después de haberse refrescado un poco del viaje, y comido lo que le trajeron Doña Helena y la Duquesa salieron a dar un paseo por el parque, cuando tropezaron cara a cara con el Conde Cristóbal, que les ofreció mostrarle toda la propiedad durante su estancia.

— Por ahora permitidme que os enseñe lo que tengo por aquí, porque para ver todo el resto hace falta caballos, para poder cubrirlo todo, son muchas las hectáreas las que tengo, espero que os guste montar a caballo.

— Me encantaría, y la verdad seria para mí un honor, montar unos caballos tan preciosos como estos.

— ¿Vendrás con nosotros Helena?

— No porque tengo intención de visitar al Conde Alfonso Rodríguez del Monte y su hija.

— Bueno, pues entonces iremos los dos solos. ¿Ya se hace tarde que os parece si vamos a cenar?

— Sería una buena idea, y quien sabe quizás podremos ver a tu esposa querido primo.

Fue rodeado por todos sus compañeros que volvieron a su escondite.

El jefe se acercó al muchacho para hacerle varias preguntas:

— Pedro amigo mío, dame noticias del Padre José y de sus protegidos.

— Todos están bien, pero te echan de menos, tanto como a nuestros compañeros. Le di el botín al padre José, tal como me dijiste. Pero no te quiero mentir el está bastante preocupado por ti, porque ha visto un cartel ofreciendo una nueva recompensa por tu captura. Le dije que no se preocupara, que tú conocías la serranía mejor que nadie, pero aun así no quedo muy satisfecho.

Mientras hablaba su boca se abría de sueño que tenía.

— Bueno Pedro ya es hora que te deje descansar, y mañana cuando te levante seguiremos esta conversación.

— ¡Pero si no estoy cansado!

— Eso lo dirás tú, pero tus ojos se están cerrando y tu boca no para de abrirse.

— Pero.....

— Mañana, amigo mío, mañana.

Alejandro salió de la cueva para inspeccionar los alrededores antes de irse a dormir.

Capitulo 3

Por la mañana todos los compañeros de Pedro estaban esperando que se despertara, para preguntarle cosas sobre las gentes del convento.

Uno de ellos se propuso despertarlo muy temprano, pero su jefe se lo impidió, fue exactamente en este momento cuando Pedro se despertó.

— Como queréis que siga durmiendo con todo el escándalo que hacéis.

— Pedro, granuja levántate y dinos como van las cosas por ahí.

— Pero si todavía no he desayunado.

— Cuando nos cuentes lo que queremos saber.

— En primer lugar os diré que vuestras familias están bien y que os mandan muchos recuerdos, y que desean veros muy pronto. Poco a poco siguen restaurando más habitaciones para los que van llegando.

Durante una hora el muchacho estuvo respondiendo a toda las preguntas que le hicieron.

— ¿Bueno, ahora puedo comer algo no?

— Claro que sí, te puedes comer todo lo que quieras.

Cuando termino de desayunar, Pedro cogió a su jefe aparte, para hablarle.

— Alejandro, no sé cómo decírtelo, pero tengo un problema, o mejor dicho una de mis amigas lo tiene.

— Bueno venga dime de una vez lo que pasa, porque por ahora no entiendo nada.

— Pues veras, el convento tiene una persona más.

— ¿Ah sí, y quién es?

— Es Carmen la hija del herrero.

— ¿Supongo que estará con sus padres, pero como se han encontrado allí?

— Justamente ahí está el problema, sus padres han sido arrestados y se encuentran en la cárcel de Ronda por no haber pagado el impuesto Real.

— ¿Pedro que espera de mí?

— Quisiera que me ayudara a sacar a los padres de Carmen de donde están.

— ¿Pero sabes lo que me pides?

— Por favor Alejandro, eres la única persona que puedes conseguir una cosa como esta.

— ¿Pedro es que estás enamorado de Carmen?

— No lo sé, pero lo que si se, es que quiero verla feliz, y la única manera de conseguirlo es devolviéndole a sus padres.

—- Bueno dame tiempo para pensarlo tranquilamente.

— De acuerdo, me voy mientras a patrullar con nuestros amigos, por si vemos otros viajeros por el monte.

*

El sol estaba bastante alto, cuando la Condesa Helena dio la orden de que prepararan su carroza mientras se arreglaba.

— ¿A dónde vais tan temprano, mi dulce esposa?

— A visitar al Conde Alfonso Rodriguez del Monte.

— Pero si nunca conseguiréis comprar sus tierras, no se aun las veces que él os ha dicho que no vendía.

— Quiero sus tierras y tarde o temprano las conseguiré, de todos modos esto a usted no le importa.

— ¿Pero no vais a salir con su amiga la Duquesa Alexandra?

— A esta hora tiene que estar paseando a caballo con mi primo por sus tierras, y esta tarde como no tenéis nada que hacer, llevárosla a dar una vuelta por el pueblo.

— ¿Porqué? ¿No vais a venir para almorzar?

— No, y quizás ni para cenar, de todas maneras no me esperéis.

Sin más palabras se fue a su carroza, y le pidió al cochero que la condujera hasta la casa del Conde Alfonso Rodríguez del Monte.

El Conde y su hija estaban paseando por los jardines cuando Celia vio llegar a lo lejos la carroza de la Condesa.

— Padre ya es hora que me vaya a dar una vuelta por el monte con mi caballo Príncipe.

— Espera por lo menos que baje la Condesa para saludarla.

— Lo siento pero mi montura se impacienta, y temo que vuelva a escaparse si no voy a por él.

— Y crees que te voy a creer, anda vete antes que cambie de opinión.

— Gracias padre, pero tú sabes de todos modos que yo no quiero a esa mujer, lo que no comprendo es como tú puedes tratarla, con lo mala que es con sus gentes, bueno de todos modos eso son cosas tuyas.

Hasta luego, y que te diviertas mucho con tu invitada.

El Conde fue al encuentro de la Condesa, mientras Celia iba en busca de su caballo, para irse al galope por el monte hasta llegar a la cueva del gato.

Una vez allí, bajo de su montura y le quito la silla de montar, para que pudiera revolcarse por la hierba sin ningún problema.

Celia no se dio cuenta de que un hombre la estaba observando, mientras subía hasta la cueva del gato. Durante su ascensión una roca se desprendió bajo sus pies, haciéndole perder el equilibrio, y si en ese instante una mano no la hubiera cogido por el puño, ella se hubiera matado sin la menor duda.

— No temáis que os tengo agarrada, y os voy a ayudar a subir hasta la cueva.

— Gracias señor, os debo la vida, porque sin su ayuda yo ya no estaría en este mundo.

Una vez a salvo ella le tendió su mano.

— ¿Me presento, me llamo Celia, puedo saber a quién le debo la vida?

— Me llamo Alejandro, y me siento feliz de haberle sido útil.

El muchacho le estrecho la mano que ella le tendía, y así fue el comienzo de una amistad.

Alejandro era un muchacho de veinte años, de un metro ochenta, su pelo tan negro como el carbón hacía resaltar el color bronceado de su piel, su rostro era al igual que el dios griego Apolo, la nariz recta, la boca sensual y unos ojos de un azul intenso. Su cuerpo atlético daba una impresión de fuerza y de seguridad.

Celia era una muchacha de diecisiete años, de un metro sesenta, ella tenía una melena castaña que le llegaba más abajo de la cintura, su cara era fina y redonda, su piel estaba bronceada por el sol, sus labios bien dibujados tenían la frescura y el color de un pétalo de rosa, su nariz estaba perfectamente proporcionada con su cara, y sus ojos marrones cambiaban de color con el reflejo del sol, y su cuerpo era el de una mujer.

Mientras estaban juntos en la cueva, hablaron de la belleza del lugar, y de la impresión que les daba, y sin darse cuenta estuvieron hablando como si se conocieran de toda la vida. De vez en cuando se miraban fugazmente, para guardar en su mente la cara del otro.

— Alejandro, me vas seguramente a encontrar muy descarada, pero tengo la impresión de conocerte, tu cara me es desconocida pero tus ojos no. Lo que no llego a recordar es a donde los he visto.

— ¿Crees conocerme, pero dices no haber visto nunca mi cara, si fuese cierto que me conocieras, es que me hubiese olvidado?

— Seguramente que no.

— ¿Celia no temes encontrarte cara a cara con el Bandolero Campero y sus hombres?

— ¿No, porque?

— Según la gente, son seres monstruosos.

— Es mentira Alejandro, no son como dicen, ellos nunca le han hecho daño a un pobre, solo han robado a gentes ricas.

— Es raro hablas de ellos como si los conocieras.

— Nunca les he visto, pero respeto lo que hacen.

— ¿Pero tú también eres rica, por lo menos es lo que veo por las ropas que llevas, quien podrá impedirles robarte?

— Si me robaran las pocas joyas que tengo, a saber este collar y este anillo, no me importaría porque estoy segura que haría el bien con lo que esto le traería de dinero.

— Ves con tu corazón, no con tus ojos.

— ¡Y es un crimen a caso!

Lo que no es normal, es que hombres y mujeres estén maltratados, encarcelados, hambrientos, separados de sus familias o asesinados porque los ricos lo decidan.

Lástima que no hayan más hombres como el Bandolero Campero, porque el si que conoce el sufrimiento del pueblo, y por eso lo respetamos todos.

Es raro que yo te hable así sin conocerte, esto nunca me había ocurrido antes.

— Puede ser porque has encontrado en mí a un amigo, lo más importante es que siempre sigas tal como eres, porque en este mundo hay pocas personas como tú.

— Te lo prometo Alejandro, bueno ya se está haciendo tarde, y me tengo que ir.

— Te acompaño hasta tu caballo, y te ayudare a prepararlo.

Una vez a caballo él le pregunto antes que se fuera si volverían a verse.

— Quien sabe lo que el destino nos tiene guardado.

Mientras desapareció a lo lejos Alejandro le dijo:

— Tenias razón Celia nos conocemos, desde hace doce años, aquel día me ayudaste y jure de hacer por ti mucho más. En aquella época tenías corazón, y hoy en día sigue con el mismo. Cuando encontrare la fuerza para decirte quien soy, y lo que siento por ti, nunca quizás.

El muchacho se quedó allí hasta que desapareciera el sol.

*

Capitulo 4

Cuando Alejandro volvió con sus compañeros, la noche ya estaba bastante avanzada.

Pedro se fue a su encuentro en cuanto lo vio entrar en la cueva.

— ¿Alejandro has encontrado una solución para sacar a los padres de Carmen de la cárcel?

— Creo que sí, pero de todos modos no podremos sacarlos antes de la fiesta de Nuestra Señora la Virgen de la Paz patrona de Ronda.

— ¡Pero si todavía faltan tres semanas!

— Así tendremos el tiempo necesario para prepararlo.

— Venga dime cómo vas a hacerlo.

— Nos serviremos de la procesión para sacar a los padres de Carmen de la cárcel, nos habremos encargado unos días antes de darles herramientas para que puedan cortar los barrotes que dan al tajo, así cuando pase la procesión sobre el puente, lanzaremos unas cuerdas bastante largas para bajar del puente al pie del tajo.

— ¡Pero si esto mide más de noventa metros de altura!

— ¿Porque no les subimos en vez de bajarlos?

— Porque nunca tendremos el tiempo necesario para hacerlo, y enseguida nos cogerían, no que de la otra manera tendremos el tiempo necesario para huir.

— ¿Y de cuánto tiempo disponemos?

— De diez minutos antes que la guardia civil se dé cuenta de lo que estamos haciendo.

— Pero si es un suicidio, nunca llegaran a bajar esta distancia, y menos en diez minutos.

— Por eso les ayudare, de todos modos tendremos está sola y única oportunidad.

— En ese caso voy contigo.

— ¿Estás seguro Pedro que quieres venir conmigo?

— No, pero tengo que hacerlo de todos modos. Donde encontraremos una cuerda lo bastante larga, y no muy pesada que podamos transportar sin la ayuda de una carreta.

— En ninguna parte por eso la haremos nosotros, con hojas de palmeras.

— ¡Pero eso nunca aguantara el peso de una persona!

— No te creas, porque fabricada como se debe aguantara el peso de dos personas sin ningún problema. De todos modos tenemos que hablar de todo esto con nuestros compañeros, y si todo va bien dentro de veintiún días exactamente podrás devolverles sus padres a Carmen, y quien sabe podrás entonces pretenderla con el consentimiento de sus padres.

— Gracias amigo mío. Es extraño, no sé lo que te ha pasado hoy Alejandro pero te encuentro cambiado, como si estuvieras feliz.

— Si es verdad, hoy es un día maravilloso, porque he hablado con Celia, y no sé si me creerás pero ella quiere al Bandolero Campero.

— ¿No me diga que ella ha descubierto que tú eres ese hombre que tanto venera y que la protege de lejos, a ella y a su padre desde tantos años?

— No, no le he dicho nada porque temía perderla contándoselo, pero bastante hemos hablado de mí, por ahora lo que cuenta es lo que queremos hacer por Carmen.

Alejandro le contó a sus compañeros lo que le había sucedido al herrero y a su familia, y les informo del plan que tenía para rescatarlos.

No les faltaron tiempo para decirle que ellos también estarían a su lado para ayudarle a llevar a bien este rescate.

*

Cuando la Condesa Helena volvió a casa de su primo, ya era bastante tarde, pero aun el Conde Valiente y la Duquesa no habían regresado del paseo que hicieron a caballo desde por la mañana temprano.

Estaban reunidos en el salón cuando por fin llegaron, en ese instante Doña Helena sintió que algo estaba pasando entre su primo y su amiga, como si se estuvieran enamorando, porque los dos llevaban la misma sonrisa en la cara.

La mujer del conde también se dio cuenta del comportamiento que tenía su esposo con la Duquesa, y enseguida unos celos de muerte le inundo el corazón. Los celos se transformaron en odio cuando el Conde decidió organizar una recepción en honor de su invitada, ignorando por completo la opinión de su esposa.

Ella no soporto que la ignorara de ese modo, y juro en su interior encontrar la solución de deshacerse de esta inoportuna Duquesa.

— ¿Haremos esto el día de la fiesta de la Paz, primero iremos a la procesión y luego todos los nobles del pueblo y de las afueras vendrán aquí para la recepción, qué opinas Alexandra?

— Que, es una maravillosa idea, y que aprovecharé para hacerme un nuevo traje de baile, para hacerles el honor a sus invitados.

La mujer del Conde ya no soportaba de ver lo que estaba pasando ante sus ojos, y prefirió retirarse a su habitación fingiendo un fuerte dolor de cabeza.

La Condesa les dejo planificando lo que harían cada día hasta que llegara el día de la recepción y estuvieron hablando hasta las primeras claras del día, cuando decidieron retirarse a sus habitaciones.

Capitulo 5

— ¿Celia, estas durmiendo?

— ¡Hum! ....

— Me voy al convento del cuervo, si quieres venir conmigo te tienes que levantar ya.

— ¿Pero, qué hora es?

— Diremos que de tanto cantar, el gallo se ha quedado sin voz.

— Porque no me dijiste anoche que ibas a ir a ver al tío José.

— Te lo dije, pero si no recuerdo mal, anoche me encontré en presencia de una muchacha que tenía sus pensamientos muy lejos de aquí, y que no estaba atenta a lo que yo le decía.

— Bueno dame cinco minutos para arreglarme y nos vamos.

Se levantó de su cama y se fue directamente al baúl que estaba a los pies de su cama para sacar, un pantalón negro bastante estrecho, un turbante rojo utilizado como cinturón, una camisa blanca de volantes, un chaleco y unas botas de cuero. Después de haberse refrescado un poco se puso las ropas, que acababa de sacar del baúl. Una vez arreglada se fue corriendo al encuentro de su padre.

— Ya era hora, un poco más y me salen raíces.

—¿Porque no te vistes como todas las muchachas en vez de disfrazarte siempre en niño?

— Porque me siento mejor así que con un traje, venga vámonos que tengo muchas ganas de ver al tío José, pero que lastima que tengamos que volver esta noche.

— Lo comprendo, pero si ven que nos quedamos varios días fuera de casa, tardarían poco en comprender que conocemos el escondite de mi hermano José y nos harían seguir, y tarde o temprano por nuestra culpa llegarían a cogerlo y encarcelarlo.

— Si lo comprendo, pero padre nunca me dijiste porque el tío José estaba perseguido por la justicia.

— Supongo que un día tendrás que saberlo, y ese día a llegado. Hace muchísimos años, cuando tú eras muy pequeña, un convoy de prisioneros entro en nuestro pueblo, eran unos veinte hombres, con las ropas rotas, pero según la calidad de sus ropas yo diría que más de uno era un noble. Estaban cansados y los guardas no paraban de pegarles, no querían darles agua que pedían. Cuando mi hermano José salió de la iglesia, y vio todo lo que estaba ocurriendo, se fue hacia ellos para darles agua, pero los guardias le quitaron el porrón y lo rompieron. Mi hermano se enfrentó a ellos por el trato que hacían soportar a estos pobres hombres. Cuando uno de ellos le pidió su ayuda, jurándole que él jamás en la vida le había hecho daño a nadie, y que si seguía con ellos moriría. No se por qué pero mi hermano creyó lo que este hombre le dijo, y cuando el guardia se puso a pegar al prisionero, José se interpuso entre ellos, y no tuvo más remedio que darle un puñetazo al guardia, que cayó de espaldas golpeándose la cabeza contra los escalones de la iglesia y falleció en el instante. Al ver que un cura se había enfrentado con unos de los guardias, los prisioneros se sublevaron contra sus opresores y con la ayuda de mi hermano fueron liberados, pero él tuvo que huir por haber matado a un hombre.

— ¡Pero si fue un accidente! ¿Y qué fue de ese hombre que le pidió ayuda?

— Nunca más he oído hablar de él, pero tu tío dijo que ese hombre era realmente inocente, pero nunca quiso decirme quien era, porqué hablo con el bajo el secreto de la confesión. Y así es como tu tío ha sido un fugitivo, y desde entonces se ocupa de los vagabundos, y de todas las personas que necesitan ayuda.

— Si ya lo comprendo todo.

Un extraño sentimiento de serenidad invadió el corazón del Conde y de su hija, y fueron al galope al convento del cuervo, donde el Padre José y sus protegidos los recibieron con los brazos abiertos, por la alegría que les daba volver a verlos.

Antes de entrar en el convento, el Conde y su hija cogieron de sus monturas los sacos que contenían medicamentos, vendajes, ropas y comida, y se lo entregaron al Padre José.

*

Todos los bandoleros se levantaron al amanecer para irse en busca de hojas de palmeras.

Cuando uno de ellos se fue a su jefe para hablarle.

— Alejandro, he pensado una cosa esta noche, relacionado con el rescate.

— ¿Y de que se trata Pedro?

— Pues mira, si nos vamos así por medio del pueblo poco tardaran los hombres del gobernador en reconocernos, pero si vamos disfrazados de mujer, entonces no habrá ningún riesgo.

— Pues sí, tienes razón.

Al escuchar esto todos los bandoleros reaccionaron en contra de esta idea.

— ¡Oye que yo no me visto de mujer!

— Ni yo.

— ¡Basta ya! Se lo he dicho antes, solo me llevare a los voluntarios, es decir que todos los que vengan con nosotros tendrán que hacer lo que sea necesario para llevar a bien ese rescate, es decir, afeitarse, y vestirse de mujer. Porque yo no dejare que este rescate no se consiga por una tontería.

Con pocas ganas uno de ellos les dijo:

— Me vestiré de mujer, pero no me afeitare hasta el último momento.

— Muchas gracias Mario.

Como el más orgulloso de la pandilla estaba dispuesto a disfrazarse, todos los demás estuvieron de acuerdo de hacer lo mismo.

— ¿Donde vamos a encontrar tantos vestidos, y más de nuestras tallas?

— Los hombres casados podrán cogerle un vestido a sus mujeres y los otros pues tendrán que hacérselo.

— Anda que no nos vamos a reír para fabricarlos.

— Bueno vamos a repartirnos en tres grupos, el primero ira en busca de las hojas de palmera, el segundo fabricara las cuerdas que nos permitirán bajar del tajo, y el tercer grupo se encargara de recoger los vestidos que nos permitirán pasar desapercibidos entre la gente, y de fabricar los que falten.

Después de haber formado los grupos, Alejandro se fue a caballo en dirección al pueblo, a lo lejos se veía las primeras casas de Ronda, cuando le hizo coger a su montura un carril olvidado desde muchos años, que las plantas habían invadidos. El muchacho tuvo que bajar del caballo, y dejarlo amarrado a la rama más baja de un chaparro, no muy lejos del tajo mientras seguía andando por lo mal que estaba el camino. Se fue andando hasta el pie del tajo escondiéndose entre los árboles y las rocas para que nadie lo viera. Y guardo grabado en su mente el recorrido y el tiempo que necesitaba para hacerlo, luego se fue en busca de sus compañeros para echarle una mano a la recogida de hojas de palmeras.

*

Capitulo 6

Celia y su padre volvieron a su casa al anochecer después de haber pasado un maravilloso día con sus amigos del convento del cuervo.

— ¡Padre!

— ¿Que hija mía?

— No sé si te pasa lo mismo que a mí, pero cuando estoy allí con ellos me siento feliz, y útil, lo que aquí....

— Te comprendo perfectamente lo que quieres decir, porque a mí también me pasa lo mismo, pero tu verás un día podremos estar todos reunidos, sin tener que escondernos.

— Si, como tú dices, un día.

Mientras se estaban acercando a la casa vieron un poco de claridad en la cocina.

— ¿Pero quién estará en casa a estas horas?

— No lo sé Celia, quédate aquí mientras lo averiguo.

El Conde se acercó a la cocina sin hacer ruido, y allí se encontró la cocinera profundamente dormida sobre una silla.

— María, despierta, porque no te acuestas en tu cama, estarías mejor que sentada.

Media dormida le contesto que el Conde Valiente había venido a visitarle para invitarle a un baile, el día de la fiesta de Nuestra Señora de la Paz.

— ¿Preguntaron por nosotros?

— ¿Si Señor y les dije que usted y su hija se habían ido a pasar el día al campo, he respondido bien Señor?

— Si muy bien.

Después que la cocinera se hubiera acostado el Conde fue en busca de su hija, y le informo de la invitación que el Conde Valiente les había hecho.

— Yo no quiero ir a ese baile, tu sabes que a mí no me gusta esta gente, son muy malos con sus servidores.

— Lo sé pero no tenemos más remedio que ir.

— Y encima me tendré que poner un traje de baile, donde no podré ni respirar....

La sonrisa en los labios, su padre la miraba marcharse a su habitación gruñendo. Una vez solo, él se habló a sí mismo:

— Hay mi dulce hija si tú supieras cuanto me cuesta estar con esta gente, pero no tengo más remedio que estar bien con ellos, porque si no hubiera sido por eso más de uno habría intentado robarnos nuestras tierras. Pero quien sabe, puede que te lo pases muy bien, porque si estoy seguro de una cosa es que no te faltarán pretendientes.

*

La Condesa Helena y la Duquesa Alexandra fueron a ver a la costurera del pueblo para encargarle un traje de baile.

— Doña Helena que placer verla otra vez por aquí, yo os creía en Madrid.

— Yo estaba allí hace menos de una semana, pero echaba tanto de menos esto que decidí volver, y me traje a mi amiga la Duquesa Alexandra.

— ¿Para cuándo queréis estos trajes?

— Para el veinticuatro de enero.

— Pero si es dentro de tres semanas, jamás tendré el tiempo de hacer dos vestidos en tan poco tiempo.

— Si alguien puede hacerlo es usted, no se lo he dicho pero lleve su creación a Madrid y toda las mujeres presentes en el palacio me envidiaron por tener un vestido tan precioso.

— Bueno no sé cómo haré sus vestidos en tan poco tiempo, pero trabajare día y noche si hace falta para que los tengáis a tiempo.

— Nos tenemos que ir, os dejamos trabajar tranquilamente, nos vamos a casa del gobernador para invitarlo a la fiesta que organiza mi primo, y para saber si ya han cogido esos malditos bandoleros.

*

— Alejandro ya tenemos una cantidad enorme de hojas de palmera, pero no veo cómo vamos hacer para fabricar una cuerda bastante fuerte para soportar el peso de dos personas.

— Es simple Pedro, hay que coger las hojas de palmeras, las más jóvenes. Machacarlas hasta que se vean varias fibras, luego hay que separarlas y envolverlas sobre ellas mismas y al mismo tiempo hay que cruzarlas haciendo una trenza, muy apretada y luego añadir a la trenza, otras hojas trabajada de la misma manera, y luego dejarlas que se sequen, y verás al final tendrás una cuerda muy resistente y que no pesa casi nada.

Él les mostró a sus hombres como hacerla, y todos se quedaron sorprendidos que su jefe supiese hacer algo semejante. Siguiendo su consejo, y con mucha paciencia llegaron a hacerlo tan bien como él.

—¿Alejandro, y para el recorrido que nos quedara hacer después de haber bajado al tajo?

— No te preocupes por eso, es verdad que el camino está bastante mal al pie del tajo, hasta donde dejaremos los caballos, pero con nuestra ayuda no tendrán ningún problema para lograrlo.

— Alejandro estamos de vuelta y tenemos los trajes, nos los probaremos, luego sabremos cuantos trajes nos quedaran por hacer.

Al verse vestido de mujer más de uno se puso a reírse de la pinta que tenía.

*

Quince días más tarde.....

Los bandoleros ya habían terminado de hacer todo los trajes y se estaban acostumbrando a andar y a hablar como una mujer, para que nadie sospechara que eran hombres disfrazados.

La cuerda ya medía la mitad de lo que esperaban, y al ritmo que iban no dudaban de terminarla a tiempo.

Durante esas dos semanas Alejandro no pudo ni una sola vez ir a ver a la joven Celia, pero siempre pensaba en ella.

La Condesa Helena se ausento para ir a Sevilla con el pretexto de arreglar un asunto muy importante y privado, y no consintió que nadie fuera con ella, asegurándole a su marido que una mujer viajando sola corría menos riesgo de ser atacada, que estando acompañada.

Una vez en Sevilla, su amiga la alojo y la puso en contacto con bandidos asesinos que vivían en el Sacromonte.

Ella les propuso mil reales para secuestrar a la joven Celia, proposición que aceptaron inmediatamente, no le pidieron ninguna explicación, solo le pidieron por qué fecha tenían que ir en busca de esta chica, y donde podrían encontrarla.

La Condesa Helena les dio órdenes de tenerla prisionera en el monte hasta que ella diera otros órdenes, y les prometió darles doscientos reales más cuando todo estuviese terminado.

— No olvidéis que tenéis que haceros pasar por los bandoleros de la serranía, y esto tiene que tener lugar el día veinticuatro de enero.

Después de esta entrevista la Condesa se quedó unos días con su amiga antes de regresar a Ronda para ayudar el Conde Valiente a terminar los preparativos de la fiesta.

*

En el convento del cuervo la vida seguía su rumbo, pero el Padre José no podía dejar de preocuparse por Alejandro, y aún más cuando supo los planes que tenía para liberar los padres de Carmen. Como no podía impedírselo, lo bendijo y les deseo suerte.

*

Celia tuvo que hacerse un traje de baile a doscientos kilómetros del pueblo, porque la costurera de Ronda estaba completamente saturada de trabajo, y le aseguro que le era imposible de hacer uno más.

Varias veces Celia fue a la cueva del gato, esperando volver a ver al joven Alejandro, pero sin excito, y fue su padre quien le dio la esperanza de que un día volvería a verlo.

*

El día veinticuatro al amanecer.....

En la iglesia de Ronda estaban preparando la estatua de la virgen de la Paz con todas sus joyas, y le pusieron el mantón azul de terciopelo bordado en oro que le habían regalado todos los nobles del pueblo. La posaron sobre un pedestal de madera forrada de plata tallada, y pusieron alrededor de la virgen docenas de claveles de todos los colores.

La procesión empezó cuando llegaron los hombres de la cofradía de la virgen de la Paz, que siempre llevaban a la virgen a hombros por todo el pueblo el día de la procesión.

Esos hombres se pusieron bajo el pedestal y cuando sonó la campana la levantaron al mismo tiempo, y al ritmo de la música avanzaron lentamente hacia el pueblo.

Todos los hombres y las mujeres presente, aclamaban la virgen con todas sus fuerzas, querían verla de cerca y tocarla, para pedirle con mucha fe que les curara, o que les diera lo que deseaban.

Tantas fueron las personas presente que desde los balcones solo se veía una enorme mancha oscura que se movía lentamente al ritmo de los tambores y de las canciones.

Alejandro y sus hombres se encontraban en medio de la gente cuando llegaron sobre el puente de la cárcel, pasando totalmente desconocido con sus disfraces de mujer.

— ¿Pedro, Mercedes llego a darle las herramientas a los padres de Carmen, para que cortaran los barrotes que dan sobre el tajo?

— Si Alejandro hace tres días de esto, lo paso en el doble fondo del cesto de la comida, y nadie se dio cuenta de nada.

— ¿Y Mercedes, la habéis puesto a salvo? Porque cuando se fuguen los prisioneros enseguida irán a por ella.

— Tranquilízate, ella ya está con el Padre José.

— Bueno pues ya es hora de rescatarlos.

Alejandro les guiño a sus hombres para que hicieran un muro alrededor de ellos, para que nadie les viera sacar la cuerda que tenían liada alrededor de la cintura. Luego clavaron el anclaje a las piedras que componían el puente y lanzaron la cuerda abajo del tajo.

Mientras los bandoleros montaban la guardia, Alejandro y Pedro bajaron por la cuerda hasta el nivel de la cárcel, donde los padres de Carmen les esperaban con impaciencia.

Cuando les vieron llegar, quitaron los barrotes que habían limado el día anterior. El herrero ayudo a su esposa a pasar por la ventana y a agarrarse a la espalda de Alejandro, a pesar del pánico que tenía a la altura. Mientras estaban bajando Pedro arrimo la cuerda de la ventana para que el padre de Carmen pudiera agarrarse a ella, para bajar.

Pedro ya estaba abajo del tajo cuando la guardia civil se dio cuenta de lo que estaba ocurriendo.

Un guardia se puso a gritar para prevenir a sus compañeros, que inmediatamente cogieron sus escopetas y se pusieron a disparar sobre Alejandro, hiriéndolo en la pierna izquierda y en el hombro.

Bajo el dolor, el muchacho aflojo su sujeción sobre la cuerda, con el peso bajaron demasiado de prisa, y fue al cabo de mucho esfuerzo que Alejandro llego por fin a parar la caída.

Al mismo tiempo sus compañeros luchaban en el puente con la guardia civil para impedirle que mataran a su jefe, y con la ayuda del pueblo lograron escapar.

Y ese intermedio le permitió a Alejandro y a la mujer del herrero de llegar a salvo abajo del tajo.

— ¡Pedro ayúdame a quitar mis manos de esta cuerda!

El muchacho no comprendía porque le pedía esto, por lo tanto lo hizo, pero cuando vio sus manos se quedó asustado.

— ¡Oh dios mío Alejandro, tus manos!

— Estoy bien, véndame las manos con un trozo de camisa y todo irá bien, de todos modos nos tenemos que ir inmediatamente, porque la guardia civil no va a tardar en llegar.

Mientras recorrían el carril en busca de sus caballos, Pedro se dio cuenta de que su amigo estaba herido, enseguida quiso ayudarle.

— No Pedro, luego nos ocuparemos de mis heridas, nos tenemos que ir, y poner a estas personas a salvo en el convento del cuervo, es por esto que te los vas a llevar contigo, mientras yo llevo la guardia civil al otro lado. De todos modos ya nos veremos al convento.

— ¿Y si no llegas hasta el convento, donde te podríamos encontrar?

— Si veo que no puedo ir hasta allí, entonces me iré a la cueva del gato. ¿Te acuerdas dónde está?

— ¡No!

— No importa, Celia sabe dónde es, pregúntaselo y ella te llevara hasta allí

— Alejandro, si mañana no estás con nosotros, iré a tu encuentro, te lo prometo. Hasta pronto amigo mío.

*

Capitulo 7

Cuando la guardia civil llego al pie del tajo ya no había nadie, pero encontraron gotas de sangre, y por estas supieron el camino que habían tomado los fugitivos, pero no pudieron ir en su búsqueda por no tener montura.

*

— Date prisa Celia, si quieres llegar a la iglesia antes que la procesión esté terminada.

— ¡Voy!

Cuando su padre la vio, tan guapa en su traje de baile, no pudo evitar los recuerdos que le vinieron a la mente.

— Que guapa eres hija mía, y cuanto te pareces a tu madre, que feliz hubiese estado de verte tan hermosa y tan mayor.

Él se acercó a ella y le dio un beso en la frente.

— Venga que nos tenemos que ir cariño.

Subieron a la carroza que les esperaba delante de la puerta.

— Paco llévanos al pueblo para ver la procesión y luego nos iremos a casa del Conde Valiente de Alcántara para asistir al baile que da en honor de la Duquesa Alexandra de Carmona.

— Sí Señor.

El cochero puso en marcha los caballos y tomaron el camino de Ronda, cuando a mitad del trayecto en una curva más estrecha de la sierra, le salieron quince hombres armados con mala pinta, tenían las caras de verdaderos asesinos, y apestaban a carne muerta.

— ¡Parar sus caballos!

— ¿Pero qué queréis?

—- ¡Coger a la niña!

Dos de los hombres arrancaron a Celia de su sillón y la tumbaron sobre la grupa del caballo de uno de ellos, luego mataron a su cochero e hirieron a su padre por haber intentado ayudar a su hija.

Le golpearon a Celia la cabeza, para que se quedara tranquila, porque no paraba de darle patadas al caballo, poniéndolo de más en más nervioso.

— ¡Pero qué es lo que queréis! Les grito el padre de Celia.

— ¡Dinero! Y dentro de unos días, les diremos cuanto queremos.

El padre de Celia no tuvo más remedio, que ver a estos hombres llevarse a su hija así al monte.

*

Todo el día el Padre José estuvo intranquilo, vigilando el monte, y esperando con impaciencia la llegada de Alejandro y de sus hombres. Temía interiormente que saliera mal el rescate del herrero y de su mujer. Estaba tanto a su preocupación que no se dio cuenta que Carmen lo estaba vigilando.

— ¿Padre José, estáis esperando a alguien? Porque desde esta mañana estáis aquí sin moverse.

— Sí, estoy esperando a Alejandro y a sus hombres.

— Entonces esto quiere decir que voy a volver a ver a Pedro.

— ¿Te has enamorado de el verdad?

— Si, y nunca hubiese creído esto posible.

— Cuantos hombres y mujeres han cometido locuras en el nombre del amor.

— ¿Por qué dice usted esto, Padre José?

— Por nada hija mía, por nada. Pero, que dirás si vamos echarle una mano a nuestro compañero para restaurar la capilla del convento.

Quien sabe, puede que dentro de poco tendremos una boda que celebrar.

— Pues entonces a que esperamos, vamos a echarle una mano.

*

Capitulo 8

Cuando Pedro llego al convento acompañado de los padres de Carmen, solo hubo dos personas esperándoles, el hombre de guardia y el Padre José.

— ¡Pedro hijo mío lo has conseguido! Carmen va a estar loca de contenta, no le dije nada porque temía que algo fuera mal.

Pedro no tuvo el valor de mirar el Padre José a los ojos, mientras se alegraba de ver que el rescate de los padres de Carmen, había tenido éxito.

— Pedro por qué pones esa cara, tendrías que estar contento.

— ¡Alejandro me puedes decir lo que le pasa a Pedro!

Viendo que no contestaba, se dio la vuelta y fue entonces que se dio cuenta que el muchacho no estaba.

— ¿Pero dónde está Alejandro? ¿Oh dios mío, no le habrá pasado nada, verdad Pedro?

— Mientras nos escapábamos Alejandro fue herido, y para que no nos persiguieran tuvimos que separarnos, pero él dijo que nos veríamos aquí o en la cueva del gato si ocurría algo. De todos modos me iré a su encuentro al amanecer.

— Iremos los dos, y no intentes decirme que no, de todas formas hay que informar a nuestros compañeros en cuanto vuelvan. Por ahora solo podemos devolverle la alegría a Carmen, para que se reencuentre con sus padres.

El Padre José la despertó con dulzura, para darle la sorpresa más grande del mundo, y para decirle que todo esto se lo debía a Pedro y a sus compañeros.

Entonces fue cuando la muchacha comprendió lo que quería decir el Padre José una hora antes, y con los ojos lleno de lágrimas y el corazón lleno de alegría ella miro a lo lejos y viendo a Pedro les dio las gracias.

En ese instante Pedro supo que él había ganado su corazón para siempre.

*

Todos los invitados del Conde Valiente estaban reunidos en la sala de baile, la estancia más preciosa de toda la casa.
En el techo había tres maravillosas lámparas, compuestas cada una de doscientas lágrimas de cristal, que servían de soporte a las velas que dejaban escapar un dulce olor a rosas. El reflejo de las velas encendidas sobre el cristal iluminaba toda la habitación de mil luces, haciendo resaltar las esculturas que tenía por los muros.

El Conde Valiente se arrimó de la orquesta y de una voz que imponía les presento a todo sus invitados, a la Duquesa Alexandra de Carmona.

En un rincón, alejada de todos, la dueña de la casa estaba celosa de ver a la Duquesa y a su marido divertirse tanto mientras ella permanecía lejos de todo.

*

Alejandro oyó la voz de Celia mientras cruzaba las tierras del Conde Valiente.

— Estas heridas me están haciendo perder el sentido, he tenido que perder bastante sangre, para imaginar escuchar la voz de Celia. Descansaré unos minutos, porqué a esta hora Pedro y los padres de Carmen tienen que estar a salvo en el convento, con el Padre José.

Cuando Alejandro bajo del caballo, volvió a escuchar la voz de Celia.

— ¡Pero no estoy soñando, es ella! Que es lo que hace por aquí tan tarde, y parece que no está sola.

Alejandro amarró su montura a una rama, y sin ruido se acercó hasta poder verla sin ser visto. Y cual no fue su sorpresa al ver a la mujer que él amaba amarrada al pie de un árbol, con la cara llena de moretones.

Ante la cantidad de hombres que la vigilaban, el muchacho tuvo que resignarse a esperar escondido que llegue la noche para rescatar a Celia.

Alejandro estuvo esperando varias horas escondido detrás de un árbol, que los hombres se durmieran, para ir a rescatarla. Una vez a su alcance, él le puso la mano sobre la boca para que no gritara.

— No grites, soy yo Alejandro.

Al escuchar su voz, su corazón se llenó de alegría, y su miedo desapareció, porque el hombre que tanto deseaba ver estaba aquí para salvarla.

El muchacho cortó las cuerdas que la mantenían presa, y lentamente sin hacer ruido se fueron en busca de su caballo, que tenía atado a unos metros de allí. Montaron y cogieron la dirección de la cueva del gato, el mejor escondite que había para los dos, a estas horas de la noche. Una vez al pie de la cueva soltaron el caballo, después de haberle quitado la silla de montar y las riendas.

— Ya que estamos a salvo, cuéntame cómo te has encontrado prisionera de estos hombres.

— ¿Como, no lo sabes? Quieres decir que me has encontrado por casualidad.

— Pues sí, y fue tu voz que me guió hasta ti.

Viendo que no mentía, ella le contó toda la historia, sin olvidar ni un solo detalle.

— Lo peor es que decían que eran los hombres del Bandolero Campero.

— Mentían, ellos nunca han sido de su banda.

— ¿Yo lo sé Alejandro, pero tu como estas tan seguro de esto?

— Mírame Celia, ya ha llegado el momento que te cuente una cosa, que harás seguramente que me odies tanto que no querrás nunca más volver a verme.

— Si sé tan bien que estos hombres no pertenecen a la banda del Bandolero Campero es porque ese hombre soy yo.

— Nunca te odiare por eso, cuando yo no sabía quién era el bandolero campero, yo ya lo admiraba por levantarse contra la injusticia. Por arriesgar su vida y las de sus hombres, salvando a muchas familias de una muerte segura. Lo que siento más es que yo pertenezco a esos opresores con quien tienes que luchar cada día.

— Te equivocas Celia, tu eres exactamente como yo, ya has olvidado ese niño de ocho años que cayó por los escalones de la iglesia de la virgen de la Asunción hace varios años, a quien le diste un techo para la noche, comida, ropas limpias y zapatos para que siguiera su camino.

— Nunca olvidare a ese niño, le pedí que se quedara con nosotros pero no quiso, espero que por fin allá llegado a encontrar lo que tanto buscaba.

— Ese niño estaba buscando a su padre, que nunca volvió a ver, pero en cambio encontró amigos sinceros y una nueva familia.

— ¿Es por la carretera que lo vistes, y que te contó todo esto?

— No Celia, ese niño medio descalzo y hambriento era yo. Aquel día no solo descubrí tu bondad, también el amor.

— ¡Oh! estás enamorado de una muchacha.

Al saber esto Celia se puso triste, y eso hizo sonreír a Alejandro.

— Sí, quiero a una mujer maravillosa, con un corazón de oro, y es la más bella que yo conozco, durante años la he querido en silencio, y estando pendiente desde lejos que no le pasara nada, esperando que cualquier día nos viéramos. Y eso paso un día en este mismo lugar donde logre evitar que se matara cayendo cuesta abajo.

Al decir esto, de buenas a primera ella comprendió que esa chica de quien tanto hablaba con amor era ella.

— Sé que no nos conocemos hace mucho tiempo, pero mi amor por ti es sincero, si tú me quisieras solo un poco yo sería el más feliz de los hombres.

— Alejandro me robaste el corazón el día que me salvaste la vida. Y desde entonces he vuelto aquí varias veces con la esperanza de volver a verte, pero nunca volviste y termine pensando que tu no sentías lo mismo que yo.

— No pude venir porque estábamos preparando la fuga de los padres de Carmen, pero yo nunca he dejado de quererte.

— ¿Y habéis logrado este rescate?

— Si, y a esta hora están a salvo con el Padre José en el convento del cuervo. Descansaremos unas horas y luego nos iremos al convento.

Lentamente Alejandro se acercó de Celia, y la beso con mucha ternura. En ese instante nada existía a su alrededor, si no el amor que sentían el uno por el otro.

— Ya es hora de dormir Celia.

Ella apoyo su cabeza contra su hombro herido, cuando en ese momento un grito de dolor salió por la boca del muchacho.

— ¿Que pasa Alejandro?

— Nada, no te preocupes.

Ella miro su brazo de cerca y se dio cuenta que estaba lleno de sangre, así como su pierna izquierda, enseguida le cogió el cuchillo del cinturón y le corto las ropas alrededor de las heridas, para comprobar que era más grave de lo que pensaba. Sin perder más tiempo salió corriendo de la cueva para bajar hasta el río, allí corto varias tiras de tela de su traje y lo mojo antes de volver a su lado, y con mucho cuidado le limpio las heridas, a pesar del dolor tan grande que le estaba causando.

— ¡Ya has dejado de sangrar, pero necesitas medicamentos contra la infección, y que te quiten estas balas, sin contar que estas ardiendo de fiebre! Voy a buscar agua y ahora vengo.

— No Celia, es muy peligroso de bajar esta cuesta de noche, y te expones a que te vean y te maten, de todos modos es hora de dormir.

Viendo que no la dejaría bajar de nuevo, Celia se acurruco en su brazo y así se quedaron dormidos.

*

El padre de Celia llevo su carroza al galope con el cuerpo sin vida de su cochero, cuando sus criados lo vieron llegar, enseguida supieron que algo grave había ocurrido.

— Que me preparen enseguida el caballo de mi hija.

— Si Señor ahora mismo.

— Nos han atacado por el camino y se han llevado a mi hija, en cuanto me cambie, y me vende este brazo, iré en busca de ayuda para rescatarla.

En este instante María la mujer del cochero, vino hacia el preguntando por su marido.

— Lo siento mucho María, pero no pude impedir que lo mataran, y si sigo con vida es porque tu marido ha dado su vida por salvar la mía.

Al enterarse de esto se desmayó, y si el Conde no la hubiera sostenido a tiempo se hubiera caído al suelo.

El Conde le confió el cuerpo inconsciente de María a sus criados, diciéndole que cuidaran de ella durante su ausencia.

Después de haberse cambiado, se fue a caballo hasta el convento del cuervo para pedir ayuda a su hermano y compañeros.

Cuando su hermano lo vio llegar solo tan tarde, enseguida supo que algo grave había ocurrido.

— Unos bandidos asesinos han raptado a mi hija.

En este momento Pedro intervino.

— Ninguno de nosotros le hubiéramos hecho daño a Celia.

— Lo sé perfectamente por eso estoy aquí pidiéndole ayuda, estos hombres son muy peligrosos, ya han matado a mi cochero por intentar ayudarnos.

— Dentro de unas horas mis compañeros estarán aquí, e iremos todos juntos en busca de Celia y de nuestro jefe. ¿Señor Conde, usted sabe dónde se encuentra la cueva del gato?

— Si perfectamente, mi hija suele ir allí muy a menudo.

— ¿Nos podría llevar hasta esa cueva?

— Si, si ningún problema.

— Cuando todo el mundo esté aquí, seremos más de sesenta personas, para ir en busca de su hija y de nuestro jefe.

Las mujeres y los niños también querían participar a la búsqueda, pero Don Alfonso y el padre José les hicieron cambiar de opinión. Les hicieron comprender que serían mucho más útil en el convento, por si se presentaban mientras ellos los estaban buscando por el monte.

Capitulo 9

Inconsciente del peligro que corrían, la joven Duquesa Alexandra y el Conde Valiente se divertían en este baile como dos joven enamorados, a la vista de todos los invitados.

La mujer del Conde ya no soportaba esta escena y quiso al instante vengarse de ellos, y discretamente se fue del baile por la puerta de atrás, para subir a su habitación y cambiarse de ropa. Una vez arreglada se fue a la cuadra silenciosamente para prepararse una montura. Para no llamar la atención, ella saco el caballo de la cuadra aguantándolo por las riendas, y solo lo monto cuando estuvo segura de que nadie la vería. Una vez a caballo se fue al galope, hacia el monte.

Una hora más tarde se encontró delante de una choza con el techo de brezo de donde salió una vieja doblada por los años y los dolores. Era casi imposible ponerle una edad, su cara llena de arrugas solo demostraba lo mala que era y el estar medio mellada aumentaba esa impresión.

Su pelo gris lleno de enredos demostraba el poco caso que hacía de su persona.

— ¿Qué mal viento te ha traído hasta aquí?

— ¡El viento de la venganza!

— En ese caso entra en mi casa.

Al pasar la puerta una extraña sensación de misterio la invadió.

Todos los muros estaban llenos de repisas que contenían botes con extraña inscripción significando su contenido.

Cantidad de animales embalsamados estaban por medio de los botes. Tenía cuervos, ardillas, un zorro, y varias pieles de jinetas cubrían su cama.

— ¿Qué quieres?

— Un veneno muy potente, quiero estar segura que la persona que lo beba no pueda salvarse.

— Tengo exactamente lo que quieres.

La anciana se fue hasta una jarra y llenó con mucha precaución uno de los tarritos que estaban colgando, justo al lado, luego se lo dio con mucho cuidado.

— ¿Cuantas gotas tengo que echarle?

— Si no quieres que te sospechen te aconsejo que junte este veneno a las espinas de una rosa.

— ¡Claro eso es lo que tengo que hacer! ¿Estás segura que con esto bastara para matarla?

— Tienes el veneno más potente que yo conozca, y hoy en día no existe ningún antídoto para él.

— ¿Perfecto cuanto te debo por esta maravilla?

— El collar que tienes alrededor del cuello, es el pago que yo quiero.

— ¿Cómo? ¡Pero si es un robo!

— Si no te conviene puedes irte pero el veneno se queda aquí.

Y se lo quito con muy malas ganas la condesa tuvo que deshacerse de su collar, antes de irse a su casa, pero cuando estuvo a punto de entrar en la cuadra tuvo que retroceder porque varios servidores del Conde estaban buscando el caballo que ella montaba. Para que no la vieran, bajo del caballo, le quito las riendas y la silla de montar antes de echarlo a correr por los jardines.

A ver el caballo que buscaban galopando por el jardín, los niños de cuadra se fueron rápidamente a él para detenerlo.

Todo ese movimiento le permitió a la mujer del conde Valiente de llegar hasta la puerta trasera de la cocina sin que nadie la viera. Y subió rápidamente hasta su dormitorio, se quitó las ropas que llevaba y escondió el tarro de veneno encima del armario ante que regresara su esposo.

Más de la mitad de los invitados se quedaron a dormir en casa del Conde Valiente, por lo tarde que termino el baile.

— Espero que hayas pasado un día maravilloso.

— Un sueño no sería tan bonito como fue este día para mí.

— Descansa un poco mi dulce Alexandra dentro de unas horas nos volveremos a ver.

Todas las personas presentes se fueron a dormir, quedando la casa en un perfecto silencio.

El Conde fue el primero en despertarse. En cuanto se arregló, lo primero que hizo fue cortar una rosa para la Duquesa Alexandra y ponerla a su lado, sobre su almohada, para que esto fuera lo primero que viera al despertarse. Y después fue a la cuadra para ver sus caballos.

La mujer del conde que había visto su marido cortar la rosa para la condesa y llevarla a su habitación. Enfurecida por esa atención, la mujer del conde espero que su marido se alejara de la casa, para ir a cortar otra rosa y echarle con mucha precaución el veneno sobres las espinas y silenciosamente fue a la habitación de la duquesa para cambiar la rosa que su marido había puesto sobre su almohada.

Una vez allí la cambió y se fue tranquilamente hasta el comedor para tomar su desayuno, y para que todos pudieran testificar que ella no hizo nada, cuando el crimen fuera descubierto. Camino al comedor tiro discretamente la rosa detrás de un mueble sin que nadie la viera.

Cuando la Duquesa se despertó lo primero que vio fue la rosa que el Conde había puesto sobre su almohada.

— Que dulce gesto.

Ella cogió la rosa sin darse cuenta que tenía espinas, y se clavó una de ellas en el dedo, para calmar el dolor y dejar de sangrar, ella se lamió el dedo, extendiendo con más rapidez el veneno por todo el cuerpo.

Unos minutos más tarde sintió dolores de estómago, empezó con vómitos, su dedo le dolía cada vez más y se estaba volviendo negro.

Solo tuvo fuerzas para arrastrarse fuera de su habitación para pedir ayuda, antes de caer al suelo inconsciente, su cara tenía el color de la cera y su frente estaba ardiendo.

Al oír su llamada los servidores acudieron a ella y se la encontraron tirada en el suelo, inmediatamente uno de ellos se fue en busca del conde mientras los otros la volvían a acostar en su cama.

De inmediato vino el médico que estaba durmiendo en una de las habitaciones del conde Valiente, pero solo pudo constatar que la muchacha había sido envenenada con arsénico, el único veneno al que no se le conocía ningún antídoto.

Cuando el conde entro en la habitación, ya había fallecido Alexandra, dejándolo completamente desesperado.

El médico le dijo que la rosa que estaba a su lado contenía veneno, y que al pincharse esta causo su muerte.

Al comprender esto el Conde entro en una rabia de muerte jurando que encontraría el criminal que le había quitado la vida, mismo si tenía que perder su alma por esto.

*

Cuando entraron los primeros rayos de sol en la cueva del gato Celia se despertó.

—¿Uhm.... buenos días Alejandro, estas durmiendo todavía?

Viendo que no tenía respuesta de su parte, ella levanto la cabeza para mirarle la cara y vio que el muchacho estaba blanco como la pared.

Enseguida lo movió para que despertara, pero no reacciono, y por un instante tuvo miedo de que estuviera muerto.

Entonces poso su oreja sobre su pecho para escuchar su corazón, al comprobar que latía, se tranquilizó un poco, pero cuando toco su frente noto que estaba ardiendo. Enseguida supo que las heridas se habían infectado, y se aseguró de eso quitándole los vendajes que le había puesto la noche anterior.

La infección ya se había extendido por la mitad del miembro herido.

— Tengo que llevarte al convento del Cuervo lo más rápido posible si no morirás.

Ella logro bajar a Alejandro de la cueva del gato, amarrándolo por el pecho con las riendas del caballo, y haciéndolo bajar poco a poco, para evitarle que bajara muy de prisa ella lo iba frenando con su propio cuerpo. Varias veces estuvieron a punto de caerse, pero Celia logro evitarlo. Cuando llegaron por fin abajo, Celia fue a buscar agua al río para refrescar un poco Alejandro y bajarle la fiebre con trozos de trapos cortado de su vestido y mojados con agua fresca.

Después de haber preparado el caballo, ella lo obligo a tumbarse para montar Alejandro sobre él, al mismo tiempo que ella, para poder sostenerlo y evitar que se caiga cuando el caballo se pusiera en marcha. Una vez firme en la montura, se fueron hacia al convento del Cuervo.

*

Desde que se fueron de Ronda, los hombres de Alejandro eran felices de haber logrado el rescate del herrero y de su mujer.

— Nunca olvidaran ese día, menos mal que el pueblo nos ayudó a huir de allí, si no, nos cogen. Estoy seguro que a esta hora Pedro tiene que estar besando a su dulce Carmen.

Al amanecer, los hombres de Alejandro llegaron por fin al convento del cuervo como estaba previsto, estaban cansados pero felices de haber logrado un rescate como ese.

Estuvieron sorprendido de ver a más de treinta hombres dispuestos a salir a caballo y andando por el monte.

— ¿Eh! pero a dónde vais?

— En busca de Alejandro que está herido, y de la joven Celia a quien han secuestrado.

— En este caso vamos con vosotros ahora mismo, tenemos que encontrarles antes que anochezca de nuevo.

— Antes de nada iremos a la cueva del gato, porque Alejandro me dijo que estaría allí si no lograba llegar hasta aquí. El padre de Celia nos llevara hasta allí.

Varias horas más tarde llegaron a la cueva del gato, para descubrir que estaba vacía, pero encontraron en el suelo trozos de telas llenas de sangre.

— ¡Alejandro a estado aquí! Dijo Pedro. Esa sangre viene de él, y a lo que veo no está solo.

— Tiene razón, Celia está con él, esos trozos de telas vienen de su vestido.

— ¿Pero cómo puede ser? ¿No dijo usted que la habían raptado?

— Si, no me lo explico, como no sea que Alejandro la haya rescatado, no veo cómo pueden estar juntos.

— Pero si están juntos entonces eso quiere decir que tienen detrás de ellos a la guardia civil, y a los malvados que han secuestrado a su hija. Tenemos que encontrarlos primero, por eso vamos a separarnos en dos grupos y tenemos que encontrarlos antes del anochecer y llevarlos al convento.

Estuvieron siguiendo sus huellas varias horas, cuando por fin les vieron a lo lejos. Pedro y sus hombres pusieron sus caballos al galope para llegar más pronto a su alcance.

Al ver tantos jinetes detrás de ella, Celia cogió miedo y lanzo su montura al galope en el camino lleno de agujeros. Al mirar atrás no vio el agujero que estaba delante de ella, y su caballo cayó dentro, haciéndole perder el equilibrio.

De lejos los hombres de Alejandro asistieron a la caída de Celia y Alejandro, y temieron que se hubieran roto el cuello. Inmediatamente se dieron más prisa, y cuando estuvieron a cinco metros de ellos, vieron a Celia levantarse del suelo y coger la navaja que Alejandro llevaba en su cintura para amenazarlos y advertirle que mataría el primero que se arrimara de ellos.

Todos estuvieron sorprendidos de ver a una muchacha con tanto valor en un momento como ese. Pero a pesar de la gravedad del instante estuvieron contentos de verlos juntos.

— Celia, no tengas miedo, que son nuestros amigos.

Al escuchar esa voz, enseguida reconoció a su padre.

— ¡Padre!

— Estoy aquí cariño.

El Conde bajo del caballo para abrazar a su hija, mientras Pedro se fue a ver en qué estado estaba Alejandro.

— ¿Pedro como esta Alejandro?

— Esta bastante mal, pero si curamos sus heridas y le damos los medicamentos que necesita estoy seguro que se salvara, pero para hacer esto tenemos que volver al convento, lo más rápido posible. Señor conde vaya usted con su hija, mientras yo me encargo de Alejandro.

*

Cuando los hombres que raptaron a Celia se dieron cuenta de que su prisionera había desaparecido, se pusieron furiosos y se lanzaron inmediatamente en su búsqueda, olvidando que por el monte la guardia civil estaba buscando los bandoleros. Y cuando menos se lo esperaban se encontraron cara a cara con ellos.

— ¡Alto! Tirar vuestras armas al suelo, si queréis salvaros malditos bandidos, o abrimos el fuego.

Viendo que no querían entregarse y que se disponían a servirse de sus armas contra ellos, la guardia civil abrió el fuego sobre ellos. Estuvieron luchando hasta que los malvados bandoleros, se rindieron a la guardia civil.

Les amarraron las manos en la espalda antes de atarlos unos a otros por la cintura, y les obligaron a ir andando durante varias horas, hasta que llegaran al pueblo.

Al regresar atravesaron la propiedad del conde Valiente y en camino se encontraron a la Condesa Doña Helena, quien les contó el asesinato que había sufrido su amiga la Duquesa Alexandra.

Cuando los prisioneros la vieron enseguida la reconocieron, y gritaron a la guardia civil que ella les había contratado para secuestrar a una muchacha, y que ellos no eran los bandoleros que buscaban.

— ¿Usted conoce a estos hombres Condesa?

— Jamás en la vida les he visto, pero reconozco que durante un momento he temido que vengan a atacarme.

— Lo comprendo, pero no tengáis miedo, que ya no harán daño a nadie.

Una vez los prisioneros encarcelados, un guardia civil fue a advertir al gobernador del crimen que había tenido lugar en casa del Conde Valiente.

*

Capitulo 10

El Conde Valiente se quedó todo el día solo con el cuerpo sin vida de la Duquesa Alexandra en su propia habitación. No quiso ver a nadie hasta que su prima llamara a la puerta para hablarle.

— Cristóbal, soy yo Helena, ábreme tengo que hablar contigo.

— No, déjame solo por favor.

— Creo que se quien ha envenenado a Alexandra.

Al decir esto el Conde abrió la puerta de la habitación de un golpe.

— ¿Antes de nada responde a estas preguntas, a quien molestaba la presencia de Alexandra, o si prefieres quien estaba molesta por verte tan feliz a su lado?

— ¡Mi mujer! Dijo el sin la menor duda.

— Eso es, el problema es que tenemos que demostrarlo.

— Ahora mismo iremos a interrogar a mi gente.

El Conde le pregunto si alguien había visto a su mujer entrar en la habitación de la Duquesa, y todos les respondieron negativamente.

Les pregunto si algún desconocido había estado en su casa estos últimos días o si algo extraño había ocurrido.

Al ver a su amo tan furioso, creyeron que estaba al corriente de lo que había ocurrido la noche anterior con el caballo que había desaparecido y que volvieron a encontrar en los jardines.

Sus gentes insistieron sobre el hecho de que las puertas de la cuadra estaban cerradas, y que una silla de montar había desaparecido.

Entonces el Conde les pregunto si uno de ellos conocía alguien capaz de fabricar el veneno que había matado a la duquesa Alexandra.

Completamente aterrorizados le contestaron, que una vieja bruja viviendo en el monte era capaz de hacer una cosa semejante.

Ninguno de ellos sabía donde vivía esa mujer, habían oído hablar de ella por el intermedio de otras personas que vivían en el pueblo.

El Conde Cristóbal ofreció una recompensa para la persona que le dijera dónde encontrar a esa bruja. La guardia civil que había vuelto para descubrir el asesino de la Duquesa se ofreció a ayudar el Conde a buscar la casa de esa mujer.

Al día siguiente una mujer se presentó para que le dieran la recompensa a cambio de la dirección.

El Conde mando a buscar a la guardia civil, para que fueran testigo de lo que descubrieran.

Al llegar delante de la choza, el jefe de la guardia civil llamo a la puerta.

— ¿Quién es?

— La patrulla del gobernador de Ronda y el Conde Valiente.

Cuando la vieja mujer abrió la puerta, el Conde se lanzó sobre ella, preguntándole si había vendido veneno estos días atrás a alguien.

— ¿Qué queréis que os conteste, para luego encarcelarme?

— ¡Bruja responde! Por culpa tuya la mujer que yo amaba ha muerto.

— Podéis escoger entre la vida en la cárcel o la muerte, le dijo el jefe de la guardia civil.

— Haré un trato con vosotros, contesto a vuestra pregunta, si a cambio me dejáis libre.

— ¡Ni hablar!

— Soy vieja, y ya son pocos los días que me quedan de vida, si me dejáis libre os prometo que nunca más volveré a fabricar veneno, y os diré lo que queréis saber.

— ¡De acuerdo os dejo libre, pero nos dices el nombre de esa mujer! ¿Por qué supongo que era una mujer, verdad?

— Si, era una mujer, no conozco su nombre, pero tengo sus joyas como pago de lo que le vendí. Os lo daré pero quiero antes su palabra de dejarme libre.

Como representante de la ley os lo prometo, y cumpliré con mi palabra.

— En este caso se la traigo ahora mismo.

La anciana se fue hasta la chimenea y del muro retiro lentamente una de las piedras, para luego meter su mano dentro del agujero y sacar un collar de oro incrustado de esmeraldas.

Cuando el Conde lo vio, enseguida lo reconoció.

— ¡Pero si es el collar que le compre a mi mujer hace dos años! Mi prima y yo sospechábamos de ella, pero nos faltaban pruebas, con este collar ya tenemos la prueba que nos faltaba.

— Si pero todavía nos falta el veneno.

— Os puedo decir que está dentro de un tarro de cristal, tened mucho cuidado con el cuándo lo encontréis, el menor contacto con una herida es mortal.

Todos regresaron en casa del Conde, donde este llamo a todo su personal para que buscaran en toda la casa y en toda la propiedad un tarro conteniendo un veneno mortal.

Estuvieron buscando por todas partes, durante varias horas hasta que lo encontraron, estaba junto a la silla de montar en medio de los rosales.

Con esta prueba en mano el Capitán de la guardia civil arresto a la mujer del Conde por asesinato.

Al saber que había sido descubierta, esta no puso ningún impedimento a seguirlos.

Fue en carroza que la llevaron a la cárcel de Ronda, por ser Condesa.

Regresaron todos al pueblo donde les esperaba el gobernador, a quien el capitán de la guardia civil le contó todo lo sucedido.

Una vez solo el gobernador le escribió una carta al Rey Carlos III de Borbón contándole lo que había sucedido en su pueblo, y preguntándole que sentencia tenía que darle a la condesa por haber cometido un crimen. También le anuncio en su carta que los bandoleros de la serranía de Ronda, habían sido arrestados, y que estaban en manos de la guardia civil.

Una vez la carta escrita, el gobernador mando a buscar al jinete más rápido de la guardia civil para que le llevara la carta al Rey.

*

Celia se quedó a cuidar de Alejandro tanto por el día como por las noches con la ayuda del Padre José, más de una vez temió por su vida, por la infección tan grande que tenía y las calenturas que le daba. Hasta que por fin los medicamentos hicieron efecto y se encontró fuera de peligro. En ese momento Celia acepto descansar un poco dejando su plaza a otra persona, para que se quedara unas horas con el mientras descansaba.

Un día el padre de Celia vino a hablar con Alejandro, para darle las gracias por haber salvado dos veces la vida de su hija, y le prometió que si algún día necesitaba su ayuda que podría contar con él.

— Usted ya lo ha hecho señor, hace muchos años de esto, cuando yo era todavía un niño, me habéis dado de comer, ropas, y un techo para pasar la noche.

— ¿Queréis decirme que usted es ese niño que viajaba solo medio descalzo por la carretera?

— Sí Señor.

— Estoy muy contento de saber que ese niño que tuve en mi casa ya es todo un hombre.

El Conde Alfonso le estrecho la mano a Alejandro en señal de amistad.

— Don Alfonso, no soy rico, no tengo tierras, ni casa, pero mis sentimientos respeto a vuestra hija son sinceros y honorables, y si me aceptáis como yerno, seré el más feliz de los hombres, y os prometo hacerla feliz.

— No hay un hombre más digno de su amor que usted, y yo estaría muy orgulloso que formara parte de nuestra familia. Bueno os dejo anunciar esta buena noticia a mi hija, justamente por aquí viene, ya es hora para mí de retirarme.

— ¿Padre, Alejandro sigue durmiendo?

— No ya está despierto, y justamente quiere hablarte.

— Hola amor mío, he tenido tanto miedo de perderte, pero ya estas fuera de peligro gracias a Dios.

— Celia tengo que hablarte. Siéntate aquí un segundo y dime: ¿Te quieres casar conmigo ante Dios y los hombres y vivir a mi lado para el resto de tu vida?

— ¡Sí! sin la menor duda.

— La justicia me persigue, y tendremos que vivir en la sierra.

— Siempre he querido vivir en la sierra.

— ¿En ese caso cuando ya esté bien, nos casaremos en este convento y el Padre José bendecirá nuestra unión, si estás de acuerdo?

— Pues temo Alejandro que esto no tenga lugar tal como lo has planeado.

— ¿Por qué?

— Por que ese día no es una boda que tendrá lugar en el convento, sino dos.

Tu qué opinas si Pedro y Carmen se casaran en el convento, el mismo día que nosotros.

— Que sería una maravillosa idea.

*

El Rey de España Carlos III de Borbón, recibió la carta del gobernador de Ronda en su palacio de Madrid.

Cuando se enteró de lo que había pasado por allí, decidió ir en persona para ejecutar la sentencia, y le pidió a su mejor amigo y consejero el Duque de las Vegas que lo acompañe a Ronda, dentro de tres semanas cuando ponga en orden los asuntos del reinado.

— Majestad será para mí un placer acompañaros a Ronda, y volver a ver a ese cura a quien le debo la vida. Sería un honor para mí de poder presentároslo.

— Estaría encantado de conocerlo, porque salvándote ese día me quito esta pena tan grande que yo tenía de haberos perdido a ti y tu familia. Nunca olvidare el día que vino tu hermano para anunciarme que todos habían muerto, asesinados por unos ladrones que entraron en vuestra casa mientras dormían. Que a pesar de haberos robado, prendieron fuego a la casa, impidiéndonos así de poder reconocer los cuerpos. Nadie dudo que estos cuerpos fueran los vuestros.

— Yo tampoco olvidare que ese hermano que tanto quería, me traiciono para recuperar mi fortuna y mis tierras, y que mato a mi mujer y a mi hijo para asegurarse la herencia.

La última imagen que vi antes que me golpearan, fue el asesinato de mi dulce mujer, luego cuando volví en sí, me encontré en medio de prisioneros. Varias veces intente escapar, pero sin llegar a lograrlo. Creo que la venganza fue el motivo que me mantuvo con vida todo el tiempo que duro ese insoportable viaje, el saber que tarde o temprano mi hermano pagaría el crimen que había cometido.

El dejarme en vida y luego venderme como esclavo para que yo trabajara en las minas o en otra parte fue lo peor que hizo. Ese iba a ser mi destino si no hubiéramos parado en Ronda.

No conozco el nombre de ese cura, pero jamás olvidaré su cara. El me salvo la vida poniendo la suya en peligro. Cuando me salvo le conté todo lo sucedido, y le prometí que un día volvería a verlo, cuando estuviera fuera de peligro.

El me dio una montura y comida para que yo pudiera llegar hasta vos.

— Y te vi cansado y delgado. Cuando me contaste lo que te había sucedido, condene a tu hermano a la pena de muerte, después que haya sufrido el suplicio de la rueda.

El hablar de todo esto, le oprimió el corazón al Duque de las Vegas, porque le recordaba todo lo que había perdido. Para desahogarse de la pena que tenía encima, el rey le dio permiso que se retirara para ir sobre la tumba de su mujer y de su hijo.

Tres semanas más tarde, el rey y el Duque de las Vegas atravesaron todos los pueblos de Madrid a Ronda con una pequeña escolta.

Una vez allí el Conde Valiente le ofreció su casa para todo el tiempo que durara su estancia.

— He sabido por el gobernador lo que su mujer se ha permitido hacer, y ese crimen lo pagara con su vida, porque yo no admito que los nobles se crean autorizados a cometer crímenes sin ningún castigo. Es por eso que su condena será la misma que el de cualquier criminal. Tendrá los miembros rotos sobre la rueda y luego será ahorcada, y será ejecutada dentro de dos días.

Luego iremos a ver a esos bandoleros, que se han permitido robar a tanta gente.

El Rey y el Duque fueron al encuentro de los bandoleros que la guardia civil había arrestado, para comunicarles su condena.

Al ver el Rey los prisioneros no paraban de clamar su inocencia por los crímenes que le acusaban haber cometido. El único crimen que reconocieron haber cometido, es el secuestro de la joven Condesa Celia, y eso porque fueron contratados por la Condesa Helena.

Todos los prisioneros juraron por la virgen de la Macarena, protectora de todos los ladrones.

— Como hayáis mentido, es la muerte que os espera, si no solo pasareis diez años de vuestra vida a partir piedras. Les dijo el Rey.

El Rey se puso furioso al descubrir que su ahijada preferida, había pagado a esos hombres para secuestrar a una Condesa. En cuando llego en casa del Conde Valiente, la hizo llamar.

— Se lo que has hecho contra la joven Condesa Celia, y por eso jamás en la vida quiero volver a verte a mi lado, y desde hoy en adelante dejo de ser tu padrino, para ser de nuevo el Rey. Porque eres mi ahijada, te dejare libre, pero como vuelvas a hacer algo semejante enseguida te hare encarcelar para el resto de tu vida. ¿He sido lo bastante claro?

— Perfectamente majestad.

Al anochecer el Duque de la Vega volvió en casa del conde Valiente para contarle al Rey lo que había aprendido sobre el cura que le había salvado la vida.

— El cura ya no permanece en este pueblo, porque está perseguido por la justicia por haber matado al guarda que nos mantenía prisionero en aquella época. ¡Majestad esto fue un accidente, lo recuerdo perfectamente! Este guardia se mató solo, al caerse de espalda, su cabeza choco contra el escalón de la iglesia. Ese cura se ha visto acusado de un crimen que no cometió, y por ese motivo se ha tenido que echar al monte con los bandoleros. Ese hombre es el padre José, hermano del Conde Don Alfonso, que tiene sus tierras no muy lejos de aquí, y si usted no ve ningún inconveniente, quisiera ir allí para hablar con él, quien sabe puede que sepa dónde se esconde su hermano.

— Después de todo lo que me habéis contado, iremos los dos a ver al Conde Don Alfonso, y le preguntaremos al Conde Valiente, el camino que tenemos que coger para llegar hasta allí.

Bajo la impaciencia del Duque de la Vegas por llegar a casa del Conde Alfonso, el Rey le ordeno a su cochero que acelerara el ritmo de los caballos.

Iban tan de prisa, que no llegaron a coger la curva estrecha, que se encontraba no muy lejos de las tierras del Conde, y cayeron el monte abajo.

El cochero y los caballos murieron en la caída, y el Rey y su amigo el Duque fueron despedidos fuera de la carroza, cuando se puso a dar vueltas cuesta abajo.

Los hombres del Bandolero Campero que patrullaban no muy lejos de allí, vieron lo que había sucedido, y fueron a ver si había algún sobreviviente en esta caída. Fue así como encontraron el Rey y el Duque inconsciente.

Como estaban herido y sangrando, los bandoleros decidieron llevárselos con ellos al convento para que el Padre José cuidara de ellos.

Cuando los dos hombres volvieron en sí, lo primero que vieron era el cura que les estaba curando las heridas, y fue entonces cuando el Duque de las Vegas lo reconoció como el hombre que le permitió huir, que lo rescato hace muchos años.

— Ya es la segunda vez que me venís en ayuda, la primera vez fue cuando yo era prisionero.

El Duque le dijo quién era, y le contó todo lo que le había pasado desde el momento que lo dejo hasta hoy.

—Tenéis mucha suerte de tener un amigo como el Rey, que lastima que un hombre como este no viva por aquí, para terminar con toda esta injusticia.

Fue en ese momento que Alejandro y Celia entraron en la habitación para hablar con el Padre José.

— ¿Que os pasa amigos mío?

— Hemos venido a veros porque quisiéramos que nos caséis este domingo.

— ¿Alejandro estas seguro de encontrarte en condiciones para casarte? Que todavía tus heridas no están completamente cicatrizadas.

Al escuchar este nombre el Duque se puso blanco como la pared y eso inquieto a su compañero, que le pregunto si todo iba bien.

El tono de la voz del Rey hizo que Alejandro mirara hacía atrás para ver lo que ocurría, cuando quedo sorprendido de ver a su padre y al Rey en la misma habitación que él.

— ¡Oh Dios mío, os he encontrado padre!

Y se echó en sus brazos llorando de alegría.

— ¡Alejandro, Hijo mío estas vivo! ¿Pero cómo puede ser?

— Cuando quisieron matarme, después de haber matado a mi madre, nuestra perra Chiqui vino a socorrerme, permitiéndome huir.

— Eso quiere decir que mi hermano ha matado a dos personas inocentes en nuestra plaza.

— Durante varios años os estuve buscando de pueblo en pueblo hasta el día que me anunciaron vuestra muerte, entonces volví aquí donde el Padre José cuido de mí, tan bien como usted.

En este momento el Rey cogió la palabra.

— ¿Por qué no viniste a verme aquel día?

— Por qué son muchos los enemigos que tenéis, y nunca me hubieran dejado llegar hasta usted Majestad. Y con mucha alegría Alejandro se fue a abrazar el Rey, dejando el Padre José y Celia completamente sorprendidos de encontrar ante ellos el Rey de España.

— Repóngase Padre José, pero me parece que tenemos una boda que celebrar dentro de unos días. Les dijo el Rey.

— Oh, perdonadme, pero he olvidado de presentaros a la mujer que amo, se llama Celia.

— Venir que os abrace, estaba triste de haber perdido a mi hijo, pero ahora tengo la alegría de encontrar no solo a mi hijo, pero también a una hija.

— Y si me lo permite Celia, yo quisiera ser el padrino de su primer hijo, y que con el tiempo usted vea en mí un amigo y no solo el Rey.

— Muchas gracias majestad, todavía no he tenido ese niño, pero sé que jamás en la vida estará solo, y que será querido como nadie.

— Como Rey voy a haceros un regalo de boda que estoy seguro os hará feliz.

A partir de este instante os hago a todos hombres libres, y os perdono a todos lo que habéis hecho, pero con la condición que no volváis nunca más a hacerlo. Sé muy bien que para que esto pueda ser, las cosas tienen que cambiar, y la injusticia desaparecer.

Es por eso que una vez casados os haré gobernador de esta provincia, y tendréis el poder para aplicar la justicia en mi ausencia, entre la gente del pueblo y los notables, porque usted es hoy en día el Duque Alejandro de las Vegas.

Mientras el Rey estuvo en el convento del Cuervo, la mujer del Conde Valiente fue ejecutada, para servir de ejemplo a quien tuviera la intención de hacer lo mismo.

Cuando llego el domingo, Alejandro se casó con la mujer que tanto amaba, al mismo tiempo que Pedro contrato matrimonio con Carmen.

Está doble boda fue celebrada en el convento del Cuervo rodeada por todos sus amigos.

Luego todos los presentes tomaron el camino del pueblo acompañado del Rey.

Una vez allí, el Rey echo al gobernador por no haber cumplido con su deber, y por haber permitido que haya tanta injusticia.

Delante de todos los nobles y de todo el pueblo, el Rey nombro el Duque Alejandro de la Vegas como nuevo gobernador.

Cada fugitivo volvió a su casa y el que no tenía donde vivir encontró refugio en las tierras del Conde Alfonso.

El Duque Emilio de la Vegas volvió a Madrid con el Rey, pero con la intención de volver pronto a Ronda, porque ya tenía una familia.

FIN

Bibliografía
Publicado por BoD

La princesse pirate (versión francesa)
La princesa pirata (versión en castellano)
The pirate princess (versión inglesa)

La jeune fille et le brigand (versión francesa)
La bella y el bandolero (versión en castellano)

1 - Maty H détective privée (versión francesa)